Mark Sarg

Der Papst als Faschingsfee

Mark Sarg

Der Papst als Faschingsfee

Bizarre Kurzgeschichten

Goldene Rakete Verlag für Belletristik

Imprint

Cover image: www.ingimage.com

Publisher:
Goldene Rakete Verlag für Belletristik
is a trademark of
International Book Market Service Ltd., member of OmniScriptum Publishing Group
17 Meldrum Street, Beau Bassin 71504, Mauritius

Printed at: see last page
ISBN: 978-620-2-44512-2

INHALTSVERZEICHNIS

DER SARG ALS LEBENSRETTER

Ein Sarg, der genüsslich über einen belebten Pariser Boulevard flanierte, war als Einziger geistesgegenwärtig genug, Baron Jean-Claude Hutmampfer, der bei seinem Anblick eine Herzattacke erlitten hatte und bereits so gut wie tot war, durch Erste Hilfe und Mund-zu-Mund-Beatmung wieder ins Leben zurückzurufen.

Gewiss kaum überraschend, dass der Baron seinen Retter zur späteren **Heimstatt** erkor.

So rasch schlägt oftmals Abneigung in ***Hingabe*** um ...

DAS FLATTERHAFTE GESCHÖPF

Ein Geschöpf war so flatterhaft, dass es nicht einmal sich selber treu blieb.

Nachdem es sich – von allen anderen bereits verlassen – notgedrungen ***selbst*** geheiratet hatte, **betrog** es sich auch noch mit sich selbst!

Und hatte tatsächlich sogar die Stirn, sich **in flagranti** dabei zu ertappen!

„BEKREUZIGEN SIE SICH NICHT!“

„Bekreuzigen Sie sich nicht, Sie sind hier nicht in einer Kirche!“, fuhr der Teufel den Neuankömmling Kaplan Adrettino Freudenkraut energisch an.

Da der sich aber genau dorthin zurücksehnte, ließ er nicht ab von seiner „unseligen“ Gepflogenheit – bis ihn der Höllenfürst zutiefst genervt hinauswarf.

Worauf er vorübergehend wieder an seiner vormaligen Wirkungsstätte landete, ehe er dann endlich – geläutert – in höhere Sphären aufstieg.

„BEKREUZIGEN SIE SICH!“

Wegen zu brachialer Sühnemethoden vom Beichtdienst suspendiert, war Prälat Malizius Schauderfratz rasch auf eine etwas „sanftere“ Ersatzhandlung verfallen, um die nun vorherrschende Langeweile zu überwinden.

In einer Nische neben dem Kircheneingang lauerte er versteckt auf die eintretenden Besucher. Und wer nicht **augenblicklich** den vorgeschriebenen Gruß absolvierte, musste sich auf einen herben Schrecken einstellen. Wie ein ***Pfeil*** kam der Gottesmann hervorgeschossen, um den Bedauernswerten mit Stentorstimme anzudonnern: „**Bekreuzigen** Sie sich gefälligst, Sie ruchloser Flegel, oder fahren Sie ***gleich*** zur Hölle!“

Da jetzt verständlicherweise noch mehr Klagen bei Bischof Carbonario Hinterhaut eingingen, sah sich dieser veranlasst, den Renitenten doch wieder in den Beichtstuhl zurückzubeordern – nachdem er ihm freilich angedroht hatte, ihn sich zu einer „extensiven Privatbeichte“ vorzuknöpfen …

DAS SPRICHWÖRTLICHE GESCHÖPF

Ein sprichwörtliches Geschöpf ist allerwärts so hinlänglich berüchtigt – dass jede ***weitere*** Erörterung einer gänzlich unangebrachten **Hofierung** gleichkäme …

DIE GEFRÄSSIGE KREATUR

Eine gefräßige Kreatur litt Liebeskummer – und fraß sich, um wenigstens ihren **Magen** zu beruhigen, mit Heißhunger selber auf.

„VERTRAUEN SIE SICH!“

„Vertrauen Sie sich nur!“, ermunterte Hebamme Agatha Ziehsack den kleinen Rüdiger Schlauchgack, der sich bei der Geburt allzu zögerlich und unentschlossen anstellte.

Widerwillig gehorchte er ihr. – Als er aber einige Jährchen später sah, ***was*** aus ihm geworden war, **verfluchte** er sie und sich selber dafür – und erhängte sich.

„VERTRAUEN SIE SICH NICHT!“

„Vertrauen Sie sich nicht, denn Sie sind ein durch und durch fehlerhaftes Geschöpf!“

Die permanente Indoktrination des menschenfreundlichen Professors Kuchenwurm Dampfbeutel war beim jungen Mr. Moloch Windloch leider auf überaus **fruchtbaren** Boden gefallen.

Sein ganzes Leben lang hatte er sie derart verinnerlicht – dass er am Ende sogar zweifelte, ob er **wirklich** gestorben war …

„VERTRAUEN SIE MIR!“

„Vertrauen Sie mir, mein Herr, ich beiße nicht!“, versuchte ein Wolf auf einer Waldlichtung den tiefverstörten Amtsrat Malizius Schnöselkopf zu besänftigen.

Der darüber erst recht in Panik geriet und grußlos davonrannte.

„VERTRAUEN SIE MIR NICHT!“

„Vertrauen Sie mir nicht, meine Gnädigste!“, warnte mit charmantem, schelmischem Lächeln und erhobenem Zeigefinger der neue Mitarbeiter an der Hotelrezeption, Brombeerlaus Lippenhirsch, nachdem ihm Señora Mangrovia Krautzopf ihren Schmuckkoffer zur Aufbewahrung übergeben hatte. Worauf sie nur höchst amüsiert zurückschmunzelte.

Als sie ihn dann abends wieder abholen wollte, verging ihr freilich jedes weitere Lachen **gründlich** …

DAS ENTARTETE GESCHÖPF

Ein Geschöpf war so entartet, dass es sich selber auffraß – und hinterher noch wunderte, ***was*** ihm so schwer im Magen lag!

DIE ENTARTETE KREATUR

Eine entartete Kreatur hielt sich für den alleinigen Gott und Herrscher über das gesamte Universum.

Leider waren – und sind – auch ihre blind ergebenen **Anhänger** entartet genug, in ihrem Namen die unvorstellbarsten Gräuel zu begehen …

IN FRIEDEN GESCHIEDEN

Nachdem Monsieur Renoir und Madame Annabelle Schaudermichl sich auf dem „Höhepunkte“ ihrer Ehe gegenseitig erwürgt hatten, versöhnten sie sich zwar im Jenseits rasch wieder – beschlossen aber dennoch, künftig lieber ihre ***eigenen*** Wege zu gehen …

„GENIEREN SIE SICH!“

„**Genieren** Sie sich!“, rief empört Hofrat Fedorowitsch Kegellaus Mamsell Joëlle Magermaus zu, die unweit eines Friedhofs splitternackt herumlief.

Als sie ihn jedoch aufklärte, dass sie eine ***Leiche*** sei, entkleidete er sich völlig ungeniert selber – und folgte ihr freudigst in ihr Grab.

„GENIEREN SIE SICH NICHT!“

„Genieren Sie sich nur nicht!“, ermunterte Papst Wassersack der Pralle gnädig den frommen Pilger Athanasius Grünzeck, der ihm in Privataudienz etwas schüchtern und zögerlich die Hand leckte.

Als er aber daraufhin voller Ungestüm immer mehr Körperteile abzuschlecken und zu küssen begann – ließ ihn der Heilige Vater zwar mit Wohlgefallen gewähren, exkommunizierte ihn anschließend jedoch in tiefer Entrüstung und warf ihn hinaus.

ALIBI UND EBOLI

Alibi und Eboli
trafen einander leider nie.

Dies ist wirklich ausgesprochen schade –
denn er war aus Porzellan und sie aus Schokolade.

DIE SIMPLE ERKLÄRUNG

Jahrzehntelang wucherten die wildesten Spekulationen darüber, ***weshalb*** wohl Lady Elsbetta und Lord Tudor Adelsack getrennte Schlafzimmer hätten.

Die Erklärung indes ist so prosaisch wie simpel: Der Lord machte einfach leidenschaftlich gern ins Bett!

DER DEVOTE SARG

„Wie hätten Sie mich denn gerne, meine Gnädigste?“ Äußerst devot nahm ein Sarg die ihm anvertraute Signorina Dolores Vorderhaut in Empfang.

„Sie können mich mal!“, offerierte sie ihm nur schnippisch, da sie mit ihrem neuen Zustande erst noch zurechtkommen musste.

Doch nahm er ihr Angebot in aller Devotion überaus ernst, und kam ihm „getreulich“ immer wieder nach – sodass aus den beiden das mit Abstand **glücklichste Paar** nicht nur des gesamten Friedhofs wurde!

DER DEVOTE MORD

Ein Mord warf sich vor seinen Opfern auf den Boden, um sie devot zu fragen, auf welche Art und Weise er sein Werk verrichten dürfe.

Und wenn sie ihm partout darauf nicht antworteten, wählte er mit vollendeter Devotion die ihm am angemessensten scheinende Methode, warf sich hinterher erneut auf den Boden und dankte ihnen für ihr Verständnis und ihre Teilnahme – ehe er noch devoter davonschlich.

DER TEUFEL ALS PAPST

Ein Teufel gab sich als Papst aus – und alle Welt glaubte ihm, verehrte ihn und huldigte ihm.

Er war eben einfach ***teuflisch gut*** in dieser Rolle ...

DER HUMANE SARG

Damit es seiner Anvertrauten, Mrs. Henny Speibelmayr, etwas weniger peinlich sei, sich völlig in ihm gehenzulassen, offerierte ein Sarg ihr das zwanglose ***Du***. Weil die Gute aber nicht mehr sprechen konnte, blieb sie ihm auch ihre Antwort schuldig.

Da erweiterte er sein Angebot um das Götzzitat – und im Nu war das Eis gebrochen ...

DER LEBENSFROHE SARG

Ein Sarg lebte munter und froh in den Tag hinein und machte sich um seine Zukunft nicht die **geringsten** Sorgen.

Denn er wusste: Sollte es irgendwann einmal wirklich zu Ende gehen, hatte er immer noch ***sich***.

Und war auf niemanden ***sonst*** angewiesen ...

DER NEUROTISCHE SARG

Ein neurotischer Sarg glaubt allen Ernstes, er könne niemals mit ***einer*** Leiche ein erfülltes Leben führen.

Deswegen beherbergt er gleich deren drei. Mit einer Option auf eine vierte –falls sich dennoch „Mangelerscheinungen“ einstellen sollten ...

DER TANZENDE PAPST

Bereits im Alter von 90 Jahren ließ sich Papst Fliegenlaus der Zweite vom Vatikane frühpensionieren, um seine verbleibende Zeit etwas kreativer zu gestalten – indem er als Touristenattraktion allerersten Ranges den Besuchern im Petersdom während der heiligen Messen in einem hellrosa Ballettrock auf den Köpfen herumhüpfte und -tanzte.

Wegen des außerordentlichen Erfolges, der ihm und der gesamten Kirche darin beschieden war, sprach ihn sein Nachfolger, Reblaus der Erste, nach seinem tänzerischen Abgang mit 150 sogar **heilig** – nachdem er sich zu diesem Behufe selber in ein Tutu gezwängt hatte ...

DER STRUDEL DES GLÜCKS

In einem wahren **Glücksstrudel** befand sich Justizrat Baldino Küchenwurm – unentwegt zog er von allen Seiten nur das Erfreulichste und Beste an.

„Ich vermag wirklich nicht zu sagen, ob mir Derartiges auch schon zu ***Lebzeiten*** möglich gewesen wäre!“, sinnierte er selig – und genoss sein neues Dasein.

DER MONDÄNE MORD

Ein Mord war so mondän, dass man ihm ***niemals*** angemerkt hätte, dass er ein Mord war.

Kein Wunder, dass die Leute Schlange bei ihm standen und ihm die mondänsten Sümmchen hinblätterten.

Sie ahnten ja nicht, ***wofür*** …

DIE ARRIVIERTE LEICHE ODER

DAS FAMOSE BEISPIEL

Miss Florida Kerngsund reist als Leiche in der ganzen Welt rund – und wird allerorts gefeiert als **rühmlichste** Vertreterin der Zunft.

Und worauf gründet sich ihr unglaubliches Renommee? Sie bekennt sich voller ***Würde*** zu ihrem Stand, ***versucht*** erst gar nicht, diesen zu ändern, sondern lebt ihn, ganz im Gegenteil, voll aus – und ist gerade dadurch ein solch famoses und **tröstliches** Beispiel für all jene, denen „es“ noch bevorsteht.

Und das sind weiß Gott nicht wenige ...

„ERSCHÜTTERN SIE SICH!“

„Erschüttern Sie sich ruhig ein wenig, damit Ihr Blutdruck wieder in Schwung kommt!“, riet Primarius Giftinius Tittenburg seinem Patienten Prof. Abramowitsch Blindwurz.

Worauf dieser all seinen Mut zusammennahm – und ihm hinten hineinkroch.

Zu seinem allergrößten Erstaunen waren davon zwar ***beide*** nicht erschüttert – sein Blutdruck freilich stieg gewaltig!

„ERSCHÜTTERN SIE SICH NICHT!“

„Erschüttern Sie sich nicht gleich, wenn Sie einmal das Zeitliche segnen, sondern freuen Sie sich stattdessen lieber ausgiebigst über den **Himmel**!“

„Seltsamer Himmel!“, wunderte sich Feldmarschall Ruppinius Lachzwerg über die Worte seines langjährigen Vertrauten Prälat Prospero Kaltgeist, als es ihn dann tatsächlich ereilt hatte.

Denn ringsum sah er nichts anderes als ***teuflische*** Gestalten …

„ERSCHÜTTERN SIE MICH!“

„Erschüttern Sie mich bis ins Mark!“ Die streng atheistische Justizrätin Olga Kleinpudding hatte wohl auf eine überwältigende Glaubensoffenbarung gehofft, als sie in einer Sinnkrise Kardinal Halogenius Zitternagel aufsuchte.

Doch tat er dies auf seine Weise – und entkleidete sich ohne Umschweife völlig.

Was seine Wirkung auch nicht verfehlte …

„ERSCHÜTTERN SIE MICH NICHT!“

„Erschüttern Sie mich nicht, mein Freund!“, mahnte Geheimrat Schnipp van Dotterblum, als sich sein junger Kollege Archimedes Großspecht auf seinen Schoß setzte.

Da zog dieser rasch die Hose aus – und es herrschte wieder Gleichklang.

DIE ENTTÄUSCHUNG

„Oh Hermine, ach Hermine –
nun nahm ich ***so*** viel Vitamine,
und am End‘ scheints dennoch klar,
dass unsre Ehe ein einz‘ger Irrtum war!“

Die Worte ihres Gatten auf dem Totenbett
fand die Oberstudienrätin ***gar*** nicht nett!

DER TÖRICHTE FELDWEBEL

„Meiner Treu – ich hätte wahrlich nie gedacht, dass selbst ***ich Prachtexemplar*** eines Tages auch so enden könnte!!“, kommentierte fassungslos und im wahrsten Sinne **außer sich** Feldwebel Ignatius Sauerampfer seinen nachmaligen Zustand.

Aber so töricht sind **keineswegs** nur Feldwebel …

DIE SARGLEICHE

Stets das Los jener bedauernswerten Geschöpfe vor Augen, die in Massengräbern oder gar unentdeckt im Walde hausten, begann die beständig vorausschauende Hofrätin Adrettina Schlauchgans bereits ab der zweiten Lebenshälfte auf ein überaus aufwändiges Begräbnis mit einem möglichst **kostbaren** künftigen Zuhause zu sparen, da sie dereinst unter allen Umständen als „***Sarg***leiche“ zu logieren wünschte.

Just als der große Augenblick gekommen und alle Vorbereitungen getroffen waren, brannte jedoch die komplette Bestattungsfirma durch einen überhitzten Einäscherungsofen völlig aus – sodass es nicht einmal mehr für eine „Urnenleiche“ reichte.

„Welcher **Teufel** hat mich wohl geritten, mein Geld für solchen ***Unfug*** zu verprassen!“, wunderte sie sich drüben noch kopfschüttelnd – ehe sie dann sehr rasch ganz ***ohne*** Sarg ihren Frieden fand.

DER ROSENTEUFEL

Ein ansehnlicher Teufel, der stets eine frische weiße Rose im Haar trug, damit man ihn auch ganz ***sicher*** für eine unschuldige Maid hielt, musste prompt nie lange warten auf die Hochzeitsnacht – in der er dann feierlich seinen Bräutigam zur Hölle geleitete.

Um jedes Mal ***noch*** schöner wiederzukehren ...

DER BISCHÖFLICHE TEUFEL

Ein Teufel gab sich überall als Engel aus – doch niemand glaubte ihm so recht.

Da trat er als ***Bischof*** auf – und war darin nun ***so*** überzeugend, dass er seine wahre Natur bald selbst vergaß.

Und noch heute mit allergrößtem Erfolge in diesem Amte tätig ist!

DIE STABILE LEICHE

Der vormals höchst korpulente General Edelzeck Fliegendreck ist selbst als Leiche ***äußerst*** stabil.

Er liegt noch heute auf dem Dorffriedhof von Deibelshofen.

DAS UNERSCHÖPFLICHE NATURELL

Monsignore Ernesto Wildhans eignete ein wahrhaft fulminantes, schier **unerschöpfliches** Naturell, um das man ihn nur beneiden konnte – sofern man dies überhaupt wollte.

Er fraß sich jeden Tag aufs Neue bei bestem Appetite selber auf – um sich, nachdem er sich vollständig verdaut hatte, am nächsten Morgen wieder frisch und fröhlich zu gebären ...

DIE BEZAUBERNDE KREATUR

Eine Kreatur mit fliederfarbenem Ballkleid, grünen Hörnern, rosa Schnauzbart und Schmollmund sowie schwarzem Pferdegebiss bezauberte jedermann so sehr, dass ihm wahrlich ***kein*** Entrinnen von ihr möglich war.

Spätestens am Abend schwamm er geröstet und gehackt in ihrer Festtagssuppe.

DER NOTORISCHE SARG

Ein Sarg war so notorisch er selbst, dass er überhaupt nichts anderes mehr sein wollte.

Nachdem er übereinkunftsgemäß mit seiner Partnerin verbrannt worden war – und ihm eine Wiedergeburt offenstand, entschied er sich prompt neuerlich für die gleiche Daseinsform.

Mit einer wesentlichen Ergänzung freilich – denn diesmal wählte er ausdrücklich die Erdbestattung ohne Einäscherung.

So hoffte er sein Selbstverständnis möglichst ***lange*** aufrechtzuerhalten ...

DAS FRIVOLE GESCHÖPF (2)

Ein frivoles Geschöpf streckte jedem auf der Straße sein Hinterteil entgegen.

Und denen, die daran Gefallen fanden, streckte es zur Belohnung auch noch sein Vorderteil entgegen.

DER PAPST ALS FASCHINGSFEE

In einer Operettenprivataufführung im Vatikan brillierte der auch als Bühnendarsteller ganz famose Papst Frühlingsschnee als *Faschingsfee*.

Er war damit dermaßen erfolgreich, dass er dies als Wink des Himmels verstand, sein beschwerliches Amt aufzugeben und sich fortan **vollauf** dem Gesang zu widmen.

Schade, dass seine Nachfolger nicht annähernd so viel Kunstverstand aufwiesen …

Printed by Books on Demand GmbH, Norderstedt / Germany